ΕΠΙΣΤΟΛΗ

えぴすとれー

水原紫苑
SHION MIZUHARA

本阿弥書店

歌集　えぴすとれー＊目次

歌集

えぴすとれー

水原紫苑

流響院卽詠二〇一五年春

詩人城戸朱理さんの企畫によるスカイパーフェクTVの番組「H（アッシュ）」撮影のため、京都の櫻と庭を訪ねる。城戸さんとはやはりスカイパーフェクTVの番組「エッジ」の企畫により、吉野の櫻、北國の櫻、日本三大櫻も共に見てゐる。

哲學の道

川に散るさくらはなびら　人に散るさくらはなびら　われのほとより

青空とさくらの境ピエタよりかなしき母の横顔見ゆれ

岡崎・流響院にて

神の子とならざりしかば瀧の中イエスのおとうとひたに落つるを

松と生まれ瀧をさへぎるさびしさを月に語らばほほゑむらむか

瀧の母みづなき天のさくらなりさくら散るとき瀧はめつむる

赤松は黒松よりもかなしみのふかからむとぞいひしわがひと

十六歳のわれはそびらに巣を作り白鷺を呼ぶ京の白鷺

飛び石のゆらめくときを歌右衛門の阿古屋の笑みのわれにうつるも

庭ひとりわれもひとりのまひるまを卽身成佛なせる眞鯉は
春ひさぐ月の桂の姫來たり瀧を誘《いざな》ふ瀧は死ぬらむ
黄金と交はる蝶は永遠の現在にしてユダの戀妻

今ひとたびきみに逢ふべし漆黒の髪むらさきに染めけるニーチェ

嵐山

限りなく解かるるわれやアトムにて花と逢ひたり今日を漕がれて

ミッションを遂げたる花や水芥《みづあくた》ながれてわれもかくあらましを

流響院後日

二分咲きの花を殘して京に發つ狹庭《さには》最《もつと》も美しき時
枝垂櫻《しだれざくら》花のおそきは重力の夢とうつつを行き交ふらむか

京のさくら女優のごとき所作にして千年はわれの肩にふり來ぬ
たれもみな三角帽子かむりたる哲學の道おそろしきかな
花見るは花の向うの大氣見る大氣の中に惡魔ひそめり

目的は瀧の鳴る庭　流《なが》れ響《ひび》く院とぞわれは入院したる
花魁の衣裳に瀧の多きこと女《をみな》は響きといへるごとしも
庭の外《と》に櫻は見ゆれ禁欲を旨とせる庭くちびるひらく

晝《ひる》の中に夜《よる》の在る庭ぬばたまの眞鯉は戀の獨白なすも
太陽はいづこわれらは太陽を忘れみづおとの囚人となる
わが犬を東《あづま》に置きて聽く瀧の旋律〈さくらさくら〉ときこゆ

歸《かへ》りたるわれのそびらに瀧流れ白犬さくらつめたしと言ふ

八月

青旗《あをはた》を今し立てむか八月の幻日《げんじつ》ここに抱《いだ》きとめなむ

青空のまなこは何も見ぬものを誓ひのかたちゐがく鳥はも

くちづけを空と交せば夕雲のひとひら残る舌の熱さよ

あしびきの山々怒り噴きあぐる火のししむらにふるるくちなは

ながきながきねむりのうちに見しことを語り盡《つ》くさむ蟬のほむらや

斃《たふ》れたる友を曳き來る蟻の列追ひつめらるるわれは人かは
革命のむらさき匂ふこの世かな紫陽花ゆ出で桔梗に至る

ドグラ・マグラ

皮膚を脱げ鏡をまとへきりぎしの獨裁者より死を取りかへせ
瀧斬らむクーデターなれ瀧斬らば三千世界石《いし》とならむを

君去りてこの夢の世に忌まはしき夢盗人《ゆめぬすびと》の來たりけるはや
星惑ふ世紀となりぬ眼玉より食《た》ぶる人も魚《うを》もピアノも
永久戰士ひるがほ咲けば湖ゆ炎かかぐる娼婦われらぞ

鳥けものみな引き連れてデモにゆく少年の永遠に知らぬ日本語

命絶たるる朝ならなくに判決の主文のごとく響く雨音

わたくしを歩む戦争　ドグラ・マグラ　逆走なせるむなぐるまはも

今し來むゴーヤー革命さみどりの光の蔓《つる》もて議事堂を埋めよ
人形《ひとがた》の警官隊こそめでたけれ老いを與《あた》ふる月のひかりや
生ハムのごとくに地球《テラ》ゆ外さるる東京あはれ魔都に非ずも

太陽の割れゆくときを黑百合の一隊昇り手紙を渡す

悪魔は氣體《きたい》と思ほゆる日よ黄金のマスクに覆《おほ》ふツタンカーメン

銀河鐵道爆破豫告《よこく》の鏡文字《かがみもじ》書き遺ししや聖レオナルド

つひに一生《ひとよ》ふれえざりける妻マリア被昇天なすのちのヨセフや
聖なる杖あひだに置きて戀人とねむりたりしよアルトーわが師よ
波動なす死とこそおもへ夕なぎの空に溺るるあかねあきつは

みにくきまで老ゆる能《あた》はざりし迢空の呪ひみちみてる歌の器よ
ホメロスを妬むプラトン太陽を妬む月より羞《やさ》しきものを
ボリス・ヴィアンに心臓抜かれてかへり來る坂道、教會なべてくれなゐ

パゾリーニその荒くれの面構へケルベロス犬も畏《おそ》れたりけむ
非業の死遂げたる雲を弔《とむら》へる夏雲あまた湧きいづるかも
天上の音樂聴けるキャリバンは魚身《ぎよしん》に似たり天つわだつみ

男色《なんしよく》と女色《によしよく》の花の異なるをしへられたりわが名はいづれ

桃の木の消え失せにけりちちははは桃源境に至りけるかも

いつしらにわが母となる白犬かわが書く文字《もんじ》の貧しきを憂《うれ》ふ

わがかつて犬神なりしさきはひのこの世に生きて鎖《くさり》をもたず
われは笛、われはくちなは、われは空　死ののち水の夢とならむか

秋の心

堪《た》へがたき秋の心を砕かむと斧を持ちたり罪の初めに
羊水の昏《くら》きに浮かぶキリストは染色體を問はれけるかも

剣は鏡、鏡は空と見てしより逆睫毛《さかさまつげ》の痛みいとしも
父と子がひとりのをみな愛するはむしろ淨《きよ》かる自然《じねん》のわざか
流體の戀人容るるフラスコを秋の大氣にかざし持つかも

葡萄食《たう》べわれは黙《もだ》せりちはやぶる神々多く黙せるけふを

玉鉾《たまぼこ》の道行くトマトさびしきろ幽《かくり》世《よ》といふ無彩を知らず

一心に穴掘る犬ぞきよらなる穴より出でむけふの夕星《ゆふづつ》

氣《き》がつけば木の葉となりて秋は來ぬ青を失ひ全《まった》きいのち

少年は素足に歩み神と逢ふながき尾を曳く彗星《すいせい》の神

さらさらと河原の石のはらからは血汐も白き女男《めを》となりけり

ひさかたの光殺《あや》めて盲目の花咲かせつる吾妹《わぎも》や吾妹

龍宮は戀のふるさとありありて乙姫《おとひめ》老ゆるおんがくのごと

武藏野のまひまひず井戸降《くだ》りゆく白齒《しらは》の水汲娘羨《とも》しも

さにづらふ妹《いも》が棲むべし右心房、左心室などいのちの部屋よ
鹽壺《しほつぼ》のゆれいづるかも天の鹽《しほ》、地の鹽《しほ》ひびきあふとき獨り
つばさもつ牛と鬪《たたか》ひコスモスの涯《はて》まで往《ゆ》きしわれはなにゆゑ

死神は帽子を取りぬながれいづる金髪《きんぱつ》われに見せなむとすも
快樂《けらく》もて神の創りしあかしにぞゴキブリの背《せな》かがやくものを
神の母、神に非ずも天界の青をまとひて虛《むな》しかりける

なげきの林檎

卓上の林檎ゆなげきのこゑきこゆ人と生まれて何をか感ず
ヒトラー像の頭部出で來しわだつみや夢に落ちゆく深さはてなく

パリ襲撃ふたたびの日を柏木の〈あはれ〉のゆくへ語りけるはや
ふらんすのＩＳ空爆誰《た》がためぞ枯葉に問はるる時しくるしも
憎しみの鎖外さむすべなきや或いは盲目たりしホメロス

戦争は柿のごとくに熟れ落ちむ食まむと待てる餓鬼のまなこや

少女いまヤコブの梯子降り來たりそのただれたるほとをひらくも

悪食《あくじき》の孔雀のみどりおそろしとしらほね食みしわれな忘れそ

みごもれる老いびとあまた性すらも定かならざる銀の境や
手《た》ふれなばなべて黄金《わうごん》なれといふ神話よ風を抱《だ》きしめてみむ
水銀《みづかね》となりたるわれは愉《たの》しきろ富貴《ふつき》の喉《のみど》に忍び入るかも

人類の滅びむのちを神たらむつくつく法師今年は聴かず
かたらひの時なく過ぎき萩のはな憂ひのあはき秋に逢ひなむ
天皇制圓寂のときを思ふかなみだれ戀こそふさへ冬菊

われよりも先に生《あ》れたる草の井戸ねむられずとてりるけ讀むなり
サンタマリア・ソプラミネルヴァ見たしとよ神重ならばいかに美《くは》しき
ひたぶるにペスト荒れにし名殘とぞローマ・ヴェネツィア猫の都よ

禁足の日々過ごしたる巴里の犬、一大著述なせしか如何に
月在れば宥《ゆる》さるべしや母戀ひも父殺しもはた犬妻すらも
たまきはる死をもて爲せる快樂《けらく》こそおもへ薔薇《ばら》刑《けい》の三島羞《やさ》しも

朝焼けのかぎろひに佇ち自爆とふ二字ふりかへるわれは言の葉

さへづりの音色異なり四十雀、雀にあらぬ羞《やさ》しさに來ぬ

雀在らぬ庭のさびしも黒鍵を缺きたるピアノうたふがごとし

黄蝶飛ぶ枯野いつしか琴となりわれらは小《ち》さき琴柱《ことぢ》とならむ
愛さざる高貴の妻に琴《きん》のこと傳授なしける源氏は闇ぞ
ヴァイオリンの空洞に棲む幸《さきは》ひを知れる悪魔よ天に近しも

水仙はうたひ椿はもだすかな光と闇の入れ替はる今を

天國泥棒

黄金《わうごん》の櫻 葉《さくらば》いまだ樹《き》に在りぬ花の魔界を訪《と》はむか否か
イタリアの楓は赤く燃えずとや聖母は青のをみななりける

泪壺《なみだつぼ》碎かば人にあらざらむ湖心に祕めし心死にたり

あはれあはれ寶石《ほうせき》泥棒、天國《てんごく》泥棒いづれか淨《きよ》き罪といふべき

新墓《にひはか》のごとくに笑まふ獨裁者黑き太陽の怒りを知らず

たましひをハムのごとくに薄切りにされつつなほも星憂《うれ》ふべし

森をゆく小舟見えたりまぼろしの水は胸乳《むなち》にとどきたりけり

神曲の出逢ひの森の冥《くら》さよりくらきひとみよ汝《なんぢ》みどりご

みづからを殺《あや》めむ少年待ちたまへ眞珠星スピカ汝《な》がために昏《くら》む

スカイツリー、クリスマスツリーなにゆゑぞ雙つの〈ツ〉音われを傷つく

夢に逢ふ三島は若ししんじつの悲劇一篇書きたしと言ふ

禮服をまとはぬわれは拒まれし三島と海のをのこらの宴
白犬は神の化身と知るものを水に流せりその貴《たか》き苦楚

未通女

紅葉の極まる時しあらはるる白髪童子しづけくわらふ
枯葉踏む音の歡びたまきはる死を愉しめりわれと枯葉と

太陽を呼びかへさむと基督《きりすと》の祭在りけり泣きいさちるイエス
男装を試みしことかつてなき半生魚《うを》のごとくに生きき
戦争はウイルスのごとく冒すかなわれらすべてが既《すで》にしキャリア

あかねさす紫の肌ありとせば生涯躶身に生くべくあはれ
木馬より降りて久しき戀の身をペネロペとこそたれかは呼ばめ
たとへなき暗愚の男を戴きてくれなゐ病めり大和言の葉

野坂昭如死にたりと聴き生きの緒にふるる水仙の群落は見ゆ

人肉食いかなる罪ぞしらほねを食みたるわれの恍惚おもほゆ

今ここのピアノ線の生の背後にし血を流しゐる人とけものや

げにや火刑臺上のジャンヌとお七、いづれかこころ滿《み》ちて在りけむ
薔薇色の馬ゐがきたるワンピース着たるをみなごちちははを捨てよ
齋《ゆ》つ椿葉《は》は聖なるをはなびらの瀆《けが》れゆくかも天動說かなし

お菓子の家竝《なら》べるところ都とぞ名づけてともす赤きらふそく

ぬばたまの夜《よる》の鴉はいづこまでおのれか知らず心あふるる

雪待てば小町來にけり永遠の未通女ブラックマターを抱《いだ》け

死美人

薔薇咲けど哲人知らず共和國憲法になき棘のくれなゐ
わがそびら從《つ》き來るものは碧綠の小《ち》さき湖、宵々うたふ

鹿のゆく高速道路　逆走のくるまに大き角《つの》生ひいづる
プディングの代はりに妻に火を點《つ》けし男は生きて鐘をつくはや
餅《もち》食めば餅語るなり「汝《なんぢ》弱きたましひのゆゑに罪を逃る」と

珈琲より紅茶の精魂強かるべし告白ののち紅茶を欲す

目覚むれば切子硝子の體《からだ》なり光の反射くるしきものを

ふらここに共に乗りたる少年に毒を服ませきわれは葡萄酒

戀人は椎の木なりきひよどりと爭ひたりき帽子被《き》るひよ
原節子牝牛のごとしと叫《さけ》びしは横丁の犬、ぶち美しき
宰相に贈らむ假面のつぺらぼう金銀砂子多《さは》に飾れよ

いづこにも椿は咲かず貧困の眞紅《しんく》は夢のくちびる犯す

太陽も月も毎日死ぬものを死なぬ地球のおそろしきかな

天ちゃんと呼びにし父よ天帝は森羅萬象むらさきに染む

テロ、テロル、をみなごの名に良からむに吹き飛ばさるる脆き人體《じんたい》
スカートを履かざるわれはウィスキー飲まざるわれと一人にて二人
ソナチネをソナタの前に習ふこと執行猶豫のごとくさびしも

入浴にかんむり取らぬ王女はも迫り來む死を愛さざらめや

水仙の野邊《のべ》にみいでしみづからをシャンパンと共に飲み果てにけり

手袋は生死《しやうじ》のいづれ手袋の上よりはめしアメジストあはれ

病室の天井のしみ素晴しき牡丹の繪とぞ言ひて母死す
たましひは胎兒の象《かたち》まがたまの玉《ぎよく》のみどりの狂ほしきかな
猿《ましら》いつかオペラ演ずる日のあらばまがまがしからむトリスタンとイゾルデ

眞珠《しらたま》を珍珠とよべる中國語そのかぎりなき非情を嘉《よみ》す

梅香る力の源何ならむ獅子にも非ず虎にも非ず

シクラメン死美人背負ひいづかたへ消えたる男花のまにまに

春の日の呉服店にて帯買へば天竺までもとどく長さや
一切の犬類われの父母《ふも》にして近寄れるだに有難きかな

カエサル暗殺

もののすきま光りてみゆるこの朝《あした》カエサル暗殺われがなせしか
テロの世紀子どもの世紀殺されし子らをはぐくむ鳥貌《てうばう》の女神

デモクラシーといふ名の薔薇の穹色《そらいろ》を共に求めむ夷狄《バルバロイ》われら

ソクラテスとソフィストのあはひ生と死のきりぎしならめ葡萄實れる

デヴィッド・ボウイ轉生したる銀河のほとり日に三たびゆく水汲みをとめ

森番は森より大き影もちて水惑星の妻に迫れり
水の見る夢に炎の母ひとり紅きなみだをこぼしけるかも
噺家の死にたる舌を食みたればあなきららかに戀はながるる

遠き死者の二重瞼をたしかめて瀧のいのちと入れかはるはや
美しき蛇のまなこの老いびとに忘却の河を隔《へだ》て戀ふるも
死後の戀つららのごとし劍《つるぎ》よりするどく闇をつらぬけるかも

スイートピーはかなく笑まふきさらぎを風のみづからねむりもあへぬ

芽吹きたる柳のこゑがたましひの落語ときこゆサゲのさみどり

テーブルに來たれる雀いと若く稲穂といふをわれに尋ぬる

針山に針まばらなる早春を地獄に在らば羡《とも》しむらむか
水木しげるとぼとぼゆける道の邊のたんぽぽとなりわれは招かむ
三界の犬妻われを見る時し願ひありけりたまきはる願ひ

戀患ひの青きバナナを叱りたり繪《ゑ》に見しあうむに逢ひたしといふ
山鳩のほうと啼く時父なりきややに離れて母來たりけり
飛行機に久しく乘らぬうつそみの雲に座れる感官のまひる

料理なべて酢を入るるなり玉響《たまゆら》の音色も知らぬおのれあはれみ

後朝に衣《きぬ》とりかふるよろこびをかつて知らずも死の際《きは》知るや

將門とマクベス祟《たた》ると聞きしかど一生《ひとよ》は呪ひの様々なる意匠

甲野藤尾如何に死にしか書かれざる虞美人草はひなげしなるを
全かる謝罪をなせしドイツとは湖水のごとし手を浸しみむ

夜の中の夜

龍泳ぐ水音きこゆ誕生日たらちねわれを忘れし頃か
うつそみのいづこか戀のはばたけるきさらぎ十日空ぞ忘れぬ

よろこびは赤玉かなしみは白玉のきよらに遊ぶ夜《よる》の中の夜《よる》

十六歳の絶望ほどの絶望を以来知らずも髪にかくれて

トイレットは見神の場所花も石も飾るなかれよ神失はむ

ビッグバンふたたびのときあらはるる神あらばわれら終《つひ》のさくらよ
曲線のわれらひとたび直線を抱かむとして死後硬直す
ひさかたの光病みぬる夕まぐれ六道の辻に硝子ひさがむ

雲雀知らで死にゆくならむスペードを切りに切りても憂へつるかな

わが生みし瑠璃敷きつめてなきがらのきみよこたへむ青の世あれな

野生なる河津櫻のくれなゐの牙拾ひけりきみが水邊に

時じくの白犬さくら老いかろく月花無縁をわれは嘉《よみ》すも
われのみは愛さぬイエス・キリストと釘もて刻む狂女の胸や
さかしまに落ちゆく果ては河原なり卵生の罪、石に問はるる

みごもれるをのこに逢へば馬蹄形磁石が欲しといふぞをかしき
朝な朝な星を吐きたる少年のそびらに憑けるプトレマイオス
フルートはチェロに戀ひつつみづとなり天上の樂、魚のみ聽けり

天子まとふ山鳩色は死の色に肖て非なるかも鳩は凄きを

ブランデー、ブランと呼ばば立ち上がる酒精みにくく美しきかも

伊太利亜のユーロ硬貨の一枚の裏なる彫刻、死の象《かたち》せり

陸橋ゆ飛びなむとしてつかまれき半人半馬の羞《やさ》しき神に
鳥なりしわれはねむらず一心に歌を求めき空と海のあはひ
ひめごとのなきけだもののみづからを日々に異なる言語へ運ぶ

切られたるケーキのきりぎしおそろしき斷層ありて苺は走る
思索せるパンをちぎれば肉汁のソースに潰せと瞑目すはや
天國のコンビニのおでん、三角形が祝福さるるよろこびありや

みだれ戀くるしきものをオリオンの三つ子の睫毛長かれとこそ

獅子心王

青空のかけらを食みてねむりしに夢に執念《しふね》く孔雀入り來《く》も

灰色と緋色の美《は》しき紐走り父も母もくちなはを知らず

犬と人の境界朧ろわが顔に柔毛《にこげ》生ひなば犬妻ならめ

異類婚・同性婚の犬妻と過ぐす夜黄金《くがね》も玉も何せむ

すきぞふれにああくがれにつるたまきはるいのちの晩夏永かりしかな

麥飯に同居なしたる米と麥、まこといかなる仲らひならむ

圓生を聴くわがかたへ圓生が扇《あふぎ》をさがすかそけきかなや

宇治十帖讀むたび兆す疑ひのけさは天體となりてめぐれり

金魚鉢のわたくし割れて泳ぎいづる金魚は愉し脳《なづき》の央《もなか》

ゆふぐれを走る小瓶はドイツへと急ぐ哲人・七味唐辛子

ヴァイオリンの象《かたち》つくりし初めの人、愛を知らざる罪ふかきかも

「あの人の顔は天空」クレオパトラ言ひけるものか新しきそら
額縁の光りいづるは盗まるる豫兆か明《あか》き夜の美術館
春雷に消え失せしものマルセルのたましひの緒に付けたる小鈴

ふらんすは雪の結晶　六角のつめたき貌《かほ》にふれなむとすも
薔薇かかへ狐はあゆむしんじつを知るべくしろきいしみちのうへ
たらちねが愛せし赤きリボンもて天國の裏口の縄梯子編まな

れもん切りわれを切るときしんしんと刃羞《やさ》しも明日《あした》のごとく
獅子心王リチャードの名をおもひいづる、すなはち春の重き雪ふる
シャルリュスを忘れオデットを忘れざるわれは夢にもうつつにもあらぬ

幾何學を愛する少女、圓錐のかなしみをもて父と交はる
つひに鼓打たむことなき一生《ひとよ》にてわが心臟は海に投ぜよ
まぼろしの馬來たりける庭の面《も》の草の花あはれ死にゆくものを

鬱を病む三色すみれ入水せりみづのうちなる影ぞ匂へる

魚身なる神のうろこのひとひらを汀に拾ふゆめ殺すまじ

落城をわが知らなくに燃えあがる幻日の旗、　花のごときを

五位鷺に逢ひえたる日ようつそみの川に小さき橋わたすかな

鶺鴒

人間の卵はいたく小さしと母に聞きたる時のかなしさ
狸囃子《たぬきばやし》はつかきこゆる坂の上くびすぢさむく人は生くるを

わが夫《つま》は河童なりにきくちづけののちに漸く帽子を脱ぎき
魚《うを》の目の泪《なみだ》あつめてみづうみとなせしさびしき神も在りしか
風音《かざおと》と聴きしは窗《まど》のこゑなりき穹《そら》を映すはつらしといへり

雲となりまた雨となるわたくしは鶺鴒《せきれい》の歩みとどめむがため

流響院即詠二〇一六年春

詩人城戸朱理さんの企畫によるスカイパーフェクTVの番組「H（アッシュ）」のため、京都鎌倉で吟行した。眼目は京都岡崎の流響院だが、祇園巽橋、鎌倉は源氏山、葛原岡神社でも撮影した。

三月二十七日　京都　巽橋

さくらさくらに最もとほきいのちとてゴキブリをおもふ飛ぶもかなしき

鷺と烏《からす》いづれかさくらの眞の友　渇仰のこゑ烏は吐けり

瘦身は神に近きをペリカン科のうつそみあはれ鷺はまよへる
うつむくは熱帯の花のあかしとぞわれらさくらに欺かれしか
しだれざくら突然變異のなつかしく世界樹となる良きかな中世

キモノ着たるアジアの少女薄命の花に非ずも菩薩に肖《に》たり

流響院　ここには櫻が無い。瀧が在る。

潮匂ふ京の庭なり瀧壺に囚はれの舟われに見ゆるも

紫にいろ變はる松　川端のキリシタン燈籠見出せしより

受難はた情熱といふパッションを封じたりしか石のらんぷに
末期なる松の表情五衰なる天人よりも青々しけれ
人界の戀を忘れてぬばたまの魚身に問へり生くべきわれか

岩と島といづこが境さびしさに松を養ふ汝《なんぢ》は島か
松は樹に非ざるものをくちなはの正身《むざね》を知らず壽《ことほ》ぎとせり
われのみに薔薇となりたる椿かなまことの愛を知れとごとくに

この庭のなべて紅蓮とならむ日にわれがまとはむ貂《てん》の毛ごろも
あゆめどもあゆめども瀧は見えざらむ　モーツァルトにれくいえむの使者
つくばひの水飲む龍はあはれなり天を追はれて地に母もなし

琵琶湖より來たる眞水は京の氣を妖しみをらむ瀧ぞはげしき
瀧はおのれが神にしあれば神の子を殘すことなし　ねむれエウロペ
瀧の音つねにきこゆる狂院にわが終はるべしDOLCE《あまき》　VITA《いのち》を

鯉と鯉いかなる言葉交はすらむ寸鉄の毒水面《みなも》に兆す
裏切りのごとくかなしむ瀧落つる下にさらなる瀧の落つるを
夢を見る松ありとせばうつそみのおんがくとして瀧に向かはむ

とことはに瀧に打たるるなき松のさんげの思ひたれか知るべき

鎌倉　源葛原岡神社

花七日生き繼ぐわれは木《こ》の下《もと》に花の呼吸を習はむとすも
ゆらめきて櫻は今し恐龍の羞《やさ》しきすがたあらはさむかな

風立てば受精の祕儀を終へたりしさくらはなびらわらひつつゆく
しやが咲けばわれを訪ねむたましひのむらさき直衣戀しかりけり
しやが咲けばわれは獨りのうたげかな戀の中なる戀を求めて

人妻に在りしことなししやがの花この遊星にあそびつかるる

源氏山―鎌倉吟行即詠二〇一六年春

源氏山さびしかりけり頼朝にさくらふさはず銀こそふさへ
あまたなる椿のまへに小さなる櫻咲きをり呪ひ小さし

一木《ひとき》より赤とだんだら咲きいづる椿汝《なんぢ》は獨り笑へり

赤椿だんだら椿とことはに風雅の道を拒める者ら

椿食《たう》ぶる鎌倉の栗鼠あな大きあなはげしきよ魔王のごとく

極光

セイレーンの歌遠からじ萬綠の中に舟なるおのれ漂ふ

白壁《しらかべ》となりたる午後はみだらなり微風に打たれ繪のうかび來る

ゆれやまぬ硝子の國に十字架を立つる場所無し架からむ人よ

世紀病めりしろつめくさの首飾り編みつつ呪ふすべ知らなくに

世のなべて少女とならばおそろしき少女のむかで、少女のみみず

ヨーグルトに和へたるバナナ雪の日の墓原のごと匂へるものを
白雲《はくうん》は自裁を希ひをりしかどいつか彌勒のかたちかなしも
燕來て心切らるるくるしみは香水瓶に告ぐるほかなし

眩暈《げんうん》を訴ふる薔薇くれなゐのまぶた閉ぢたり時さかのぼり

青嵐《せいらん》に揉まるる蝶は歓びの銀粉こぼし人となるかも

藤棚の下《もと》にあふぎを開くとき數かぎりなき藤の眸《め》が見つ

わが歌を人工知能が詠まむ日のわれ美しく零《ゼロ》を生くべし
ミイラ歩む海岸通り明るけれかもめよ汝《なれ》も死をくぐり來《き》ぬ
卓上に母をかざればむらさきのはなびらゆれて母はわらふも

くちなははヘイトスピーチ聴きながらきらきら巻けり敎會の鐘
雨粒のひとつひとつに命名すマグダラのマリア泥を穿《うが》てり
草を抜くわが手たれの手抜かるるはわが首ならめ草はあらがふ

花喰鳥《はなくひどり》人喰鳥《ひとくひどり》と竝びける姫の衣裳や色褪せにつつ

星の女男《めを》知りがたきかもシリウスは男装したる處女《をとめ》にやあらむ

心病む太陽、　月をおそれたりひかり盜まれ死なむと泣くも

夏さればレースを欲りつたましひにレースまとはばわれはわが母

ゆふぐれに開く書物のいづれにも千鳥遊べり文字《もんじ》こそ波

魚《うを》の道、鳥の道より羞《やさ》しきはみづの言葉の果てしなきゆゑ

少年と少女は虎と龍よりもとほきに在らむ殺意交はる

虹見ざる半歳もとな死にたりし嘶家一人戀ひわたりける

圓生が胸にとまれる日々朧ろわれかあらぬか笑へる者は

サゲのなきいのちさびしみ方舟に與太郎と妻乗せなむとすも

犬妻のさくらはわれに哲學の無きを知るゆゑ侮るならむ

白毛女さくらは花の去りしよりいよよ華やぐ自然《じねん》のあはれ

極光を浴みつつ咲けるさくらばな見ましかばきみは老いざらましを

愛の言葉

露草のパスカル朝《あした》咲きいでて夏の帽子に神は幽《かく》るる
水流に瓶を沈めし少年は愛の言葉をまねぶことなし

紫陽花の脳《なづき》をもてば海の名も山の名も忘れ窻《まど》よりきよら

暗黒の宇宙に螢明滅し星は無限の自由を得たり

二〇一六・六・二七　オバマ・イン・ヒロシマ

大統領揚羽蝶となりてかへりけり人類の罪かくもくるしき

「俺をニガーと呼ばないベトコンを殺す理由はない。」

モハメド・アリ過ぎにけらしな大和なる花鳥風月の外《ほか》のことばや

水の夢イチローの夢ひとしきか老いを知らねば夜半《よは》の虹たつ

圓生百席聴き終はりたるはつなつを鏡裏文《かがみうらもん》こころにゐがく

雷《らい》ふふむ凮に楓のさやぎけり打ちたまへかし青き御手や

山鳩のこゑに目覺むる一生《ひとよ》かな禁色の空《そら》言葉あふれつ

梔子《くちなし》の花異樣《ことざま》に見えつるは母を生みたるわれゆゑなりや

モーツァルトイ短調ソナタ弾きたきにきりぎしのピアノふるへゐたりき

五月雨に珈琲ねむり叶はざる戀有るごとし香りさびしも

鉄砲百合ささげて死者に逢ひしこと甲虫の背に記されゐたり

迫り來るくれなゐを怖れ城に入るわが行ひを太古より見る誰《たれ》
傘開き悪人となる愉《たの》しさのアリアをうたへ雨はむらさき
櫻桃の互みに別れゆく時をしやぼん玉笑ふ昨日といへり

これの世に家失はば時計草の中にかくれてしばし生きなむ
雨の日にひとを宥すは難《かた》からむアクアマリンのひかり羞《やさ》しも
ハンバーグあらぬ天より子どもらが降り來て赤き地獄へゆけり

働かぬわれに馴れつる犬妻は太陽のそびら抱《いだ》かれて見む
犯されし月の怨みに殺されし或《ある》はひとりか三島由紀夫も
睡蓮のうすくれなゐの固きはな目に痛きかなモネのふかしぎ

ひとときに竝ぶことなき信號の三色おもへば嗟《なげ》きぬるかも
梅雨寒の電車はさびし車窻にぞ流るるうつつのふらんす革命
唐土《もろこし》の匂ひあらざる楊貴妃の能うつくしき憂ひといはめ

昭和天皇御前口演に歓喜せし圓生を愛す　しかれどもわれは
生きかはり死にかはりても沖縄の傷にわれらはふるるあたはず
「時代閉塞の現状」を生きて如何にせむトマトの内にも戦場ありぬ

月見草に肖《に》たる夏草　夕《ゆふべ》咲かず朝《あした》に咲けり死に肖たる生《せい》

狼少年

吃りつつ咲く晝顔よ汝《な》がひかり海にとどけり鬱なる海に

宇宙樹の病葉《わくらば》われにひらひらと落ち來るときをくわんおんと逢ふ

太陽は雙生兒にて妹は捨てられしとふ今も泣くとふ

星犯す薔薇の狂氣の癒えがたくいぎりすを想ふ夜とわたくし

夢まことくるしきものを河原なる石たち日がな夢見るあはれ

鬼百合のいつしか消えて目に見えぬ鬼となりけり百合とは何ぞ
胡桃入りのパンを食《た》ぶる朝な朝なにんげんとなるうつそみくらし
切り株のバウムクーヘンゆるやかにみだれゆくかも飢うるひとみに

不安なるメロンの網目辿りゆく探偵或いは有翼の人
ビッグバン以前のにんげんひとりあらばイチローなるべしその黒き杖
ちはやぶる神々のごとサンダルを履きて善悪の彼岸にゆかな

わが罪によりて鳴らざる笛一管たづさへ死なむ銀河あふるる

地底人ふいに湧きいで鳥たちとふかく親和すいづこも虚《おほぞら》

夏至の空美しければオルガンのパイプとならめうつそみのバッハ

立ちあがるおんがくのやうな忘れたるはらからのやうな神は在らぬか

遊星に瀧落つることかぎりなく戀ほしきひとの約束ならめ

みづうみの底ひにもゆる魚《うを》の火を天にささげし裏切りに死す

扇《あふぎ》ながれ眞珠《しらたま》ながれ吾子ながれ狂ほしきまで川ははは　そは
暗闇を走る犬妻大いなり犬神ならばわれを導け
乳の身の乳飲みのちちのみの父よ母にして子にしてわれにはあらぬ

牛頭の酒器より注ぐ葡萄酒の酸・三千年前父と交はる

月宿すけもののは眉をもたざらむひとの眉月いつはりの死や

古井戸を覗きてゐたる一角獣、純金の角やはらかきかも

盗まれし珊瑚の指輪ゆくりなく猿《ましら》の指にかがやける見ゆ
稲妻に死者と相見む　きみならずははそはならず柏木の圓生
戀ひ戀ひて揚羽のみどり身にうばひ夏雲越えむ罪のすずしさ

紅水晶焚けるゆふぐれ馬立ちて泣きにけるかもれくいえむ死にき
青旗の木幡の上をゆくものはアンドロギュヌス金の尾曳けり
心臓を剣《つるぎ》に刺して入り來たる狼少年われはここなり

シャンパンの冷ゆるたましひ夕顔の女よみがへり淡くわらふも

ポンペイ展

ポンペイの黄なる小鳥のまなざしは天に非ざるなかぞらを向く
カルミラーノの赤き食堂ほろびたる女男きららかに大氣食《たう》ぶる

エジプト青《あを》無限に遠き水のいろ灰かがふれる中にみひらく
だまし繪の遠近法の家に棲み圓柱となるうつそみあはれ
ポンペイの守護神ウェヌス腰覆ふ橙黃の布をかなしみたまへ

ヴェスヴィオの近きに在りし壁畫にし誰《た》がための舞臺大きく赤き
その名シュンクレトゥス――佛頂面の犬いとし主《あるじ》は死すとも汝《なんぢ》は生きよ
アオサギと闘ふコブラ初めての恐怖うかめるほそき眼《まなこ》や

鳩抱《いだ》く幼児アドニスうつろなる目におのが友家鴨映らず
両性具有のナルキッソスなれなめらなる女神のごとき腹もてりけり
バッコスの信女マイナス宙空に舞へり透きたる衣とこしへ

うつけたる若き女のくちびるをとはにとどむるメダイヨンかな

立ちつくすカッサンドラやトロイアの破滅は長き衣に滿てり

ヘラクレスにキタラ敎ふるケイロンの憂愁は半ば馬身ゆ來たる

金色《こんじき》のケンタウロスはをみななり牝鹿とらへて神のごときを
ディオニュソスの求婚に驚くアリアドネ神より人の面影に戀ひ
テセウスの雄々しき姿『フェードル』の哀《あは》れなるテゼ打たむとすらむ

たふれたるミノタウロスの牛頭は母を思ふや獸姦の母

美しきダナエを見たる漁師らの氣高き面輪わすれがたしも

アルカディアの女神の前にヘラクレスわが子見いでぬにんげんの子よ

えぴすとれー

みづうみの假面をかけてあゆむかな炎天いつかきみとなるとき
ヘヴンリーブルー咲きつる隣《となり》家《や》に巣箱ありけりみどりご入らむ

塔《あららぎ》の高きゆ語る僭主はもおのれより靑きひとみ許さず
向日葵の無意識くらく赤蟻の群集待てり虐殺を戀ふ
つばさ外し天使はわらふしかすがにあなおそろしき鳥類の貌《かほ》

羞《やさ》しさのかぎりもあらず獅子に逢ふ蝶のみにくきうつそみにして
鹽壺《しほつぼ》にわが棲む日々よ地のうへにもはや鹽こそ絶え果てにけれ
蟬の子の悟り聖者に近づくをゆくりなく來ぬ羽化の目覺めは

夏の夜を枯野《からの》なりけり船となり琴となるうち神を失ふ
橋といふ橋みな消ゆる現世《うつしよ》のかなしみ深く飛ぶははそはよ
桃食めば罪はしたたり母殺し父殺しなる白犬のわれ

赤蜻蛉《あきつ》追ひなばわれをにんげんにかへすといへり水底《みなそこ》のひと
にんげんの言葉はわれを苛《さいな》めり　母音は阿片　子音はコカイン
犬妻の柔毛《にこげ》のうちにかへりゆくわが玉の緒よくれなゐ差せり

青杉の林の上を飛びにつる大鴉われ晝《ひる》の星見し
山頂の雪を幻視す　分身のおそき足取り誰《たれ》も咎むな
花火生きて全身ひらき分裂す戀ひ戀ひて今、戀を超えたり

みづからの涙を瑠璃に喩《たと》へたる和泉式部の紺青ゆゆし

根なし草とおのれ呼びたる圓生をおんがくのごと聴ける涼しさ

文字《もんじ》立ちてわれを責めけるひとたびの夏を愛とぞいつはりしはや

夏祭綿菓子もちて地上より浮き上がりたる老女のゆくへ

三人のわれに頒《わか》てるたましひの最《もと》も淡きは月を知らずも

ラ行音つめたきかなやレオナルド・ロレンス・ラゴラ・ルル・ルートヴィヒ

肛門が天文學をまなびけるアリストファネスの知らざりし菊
〈えぴすとれー〉（手紙）といへる希臘語の音《おん》の白さや書かであらなむ
ペルセウスの鏡死にたり愛戀も虹もほのほも石となるべし

夜のいづこ父の軍馬のよみがへり敗戦記念日のワルツを踊る
目のごとく耳のごとくに原爆忌雙つ在ること悪《にく》みやまずも
相模原ネオナチ殺人政権の正身《むざね》見たりとのちに言ふべし

天皇を最後の砦とするごときデモクラシーの倒立あはれ

幽霊船

晩夏涼し雨中のチェロのはげしさにうつむくひとと世界の距離よ

不安なる樹木は耳をふさぎたりおのれも知らに白き花咲く

自轉車の昇天迅ししろがねのリボンもて曳けりマリア・マグダレナ

古井戸に飛び込む偶然童子より手渡されける薔薇のRは

青空ゆア音を盗みわたつみに幽《かく》れたりしが魚《うを》は唄へり

禽獣のねむりのごとく片脚を引き上げ死なむミッションののち
蟲の音のはつかに狂ふゆふぐれをローゼンクランツ、ギルデンスターン
妄想の竹林さやぎささみどりの颪はキリストの娘を呼べり

空中を歩むははそは夕雲を食みつつ處女のうれひ匂ふも

伊太利亞の地震《なゐ》に死にたる若き父母あるごとし石にあくがれいでて

犬妻の故國ふらんす寛容を失ひつつありと尾を垂れ默《もだ》す

星祭にくしみもまた愛なりや葡萄のひかりいづこより來る
狂氣せるボタンは踊りにんげんの胸とふ荒野《あれの》をあらはにしたり
曲線の思考は神を超ゆるかも萩群《はぎむら》ゆれてひとりごあやす

美しき手毬のごとく死は來たりもとあそぶうち母となるらむ

パン種に紛れたるわれ幸《さち》ふかくプルースト愛せしブリオッシュなれ

女王蜂生みやまずけりたまかぎる仄かに聴きし秋天のうた

正餐の卓に着きたる野兎《のうさぎ》のいつか夏毛ゆ冬毛の白衣《びやくえ》
ためらひし秋の薔薇《さうび》や久方の月のひかりにおのれをさらす
蟷螂《たうらう》の青に廣がるみづうみに漕ぎいでゆかむ幽靈船や

すすきよりすすきに飛べる黄の蝶は死に至る病かくも明るき
桔梗《きちかう》の星形辿るしんじつの抵抗の道探らむとして
革命は鳥の道よりとほきかもわれらが死後に禁色解けむ

異類婚うつくしきかな犬妻はわが志をあやぶまむとせず
ギロチンに斬られし首はしばしの間《ま》意識保つと夕映に聞く
コスモスのみだれ咲く野にわたくしを忘れて來たり死にあへぬかも

生死《しやうじ》のこと海にも山にも問ふべきをただ秋の日の扇《あふぎ》となりぬ
戦ひのくるしみ思ひ出だしけむ菊人形はあゆみいでたり
植民地國家の中の植民地、虐ぐる手はすなはちわが手

獨裁者の末路はつねに慘《さん》たるをわらへわらへわらへわれらを

フォーマルハウト

梨の實《み》がすきとほる夜を永世中立爪先立ちて希ふひとはや

秋刀魚焼きて人間界にかへるかな昨日は雲と葡萄酒飲みき

はつかりのはつかに食みし香《かぐ》の菓《み》ははそはの母の口移しなれ
わが生みし古寺ひとつ漂へるシルクロードに生くる唐草
彌勒《みろく》いづる未來の子ども虹の身のいのちも彩《あや》に自在なるべし

にんげんのまなこ鏡となる夕《ゆふべ》妊りゐたれカール・マルクス

胸びれを剝がしてきみに贈るべし死神の目ゆ逃がれたまへよ

さびしくてフラスコとなるわれの秋、硫酸注ぐ青年はかな

盗賊の盛りの春を見過ごして秋は斬首の斧を聴くかも
拷問のなき世と人は信じけむ責め殺されし白鼻神《ハクビシン》はも
砂漠より花野に歩むキリストは蟲の禱《いの》りを聴かで在りけむ

けふといふ女の死にしそののちを曉《あかつき》といふアンドロギュヌス
ひとひらの紅葉となりし秋の海、少年の手に握られしはや
犬妻は秋も變はらぬ純白の柔毛《にこげ》のうちに手紙隠しぬ

みづうみに記憶求めてゆく旅の夜半《よは》に逢ひける白鳥の兄

コスモスの群落を過ぎぬばたまのカオスの花と相見む獨り

天の魚《うを》、地の鳥、われを導かむ狂はざりにしニーチェの部屋へ

スマホ持つくわんおん美《くは》し歩みつつ大慈大悲の光こぼるる

愛兒《まなご》なる原發の最期見屆けむ僭主《せんしゆ》はあはれ不老不死とや

きみの待つフォーマルハウトいつの日かわが言の葉が水となるまで

緋髪青髪《ひがみあをがみ》

金木犀、死後も香るや忘られし傘となりても汝《な》が香を聞くや

犬妻のもの想ふとき金の眼の黑猫來たり戀せよといふ

中國の硝子の吊り橋渴愛の巨人いちにん夜々わたりける

老いびとを虐殺したる闇の手の白きは有明の月にあらずや

ちちははに打ち殺されしみどりごはくれなゐの雪となりてかへらむ

龍胆の貌《かほ》の少年、秋晴れにたまきはる命賣りにゆきたり

青空のノートにゐがく母のかほ羊となれる美しきかな

海を知らぬわが犬妻は歡びのかぎりを知らず眞珠《しらたま》抱けり

秋の天馬いづこへ翔ばむみづかねの遊びやまざる夜の世紀の

サッフォーの詩業よみがへるあかつきを星のいのちの盡き果てむかな

言の葉のはらはら落つる一日《ひとひ》より人形《ひとがた》ならぬ神は旅立つ

水鏡そびらの神は映らざる瞬刻ふるへゐたる逆髪《さかがみ》

ちはやぶる神に知られであかねさす狂言綺語を生くよしもがな

高麗の青磁の皿にたましひを載せて供さむまれびときみへ

きみが葉の舞ふがいとしくとどめむとくちなはの衣《きぬ》着せかけにけり
たまかぎるただ一目のみ逢ひしかばしらほねならでその人は光《かげ》
紅葉はこころに及び思ひ出の海やまなべて炎えいづるはや

生きて食む魚《うを》なるイエスきらきらと罪のうろこはかがやくものを
帆船となりたるわれに野分吹きさかしまの國に流れ着くかも
われは母を生み終へしかばなみだ垂れ黑き太陽をあふげり獨り

パンはわれをちぎりて食まむ朝な朝なむらぎもの心きよらけくこそ
みだるるは菊の正身《むざね》ぞ白虹《はつかう》につらぬかれたる秋の陽《ひ》のもと
黒髪や緋髪《ひがみ》青髪《あをがみ》さまざまに過ぎゆくのちを狂《きやう》とよばれむ

むらさきを知らざる王のまはだかの色身あはれ革命匂ふ
曼珠沙華、メアリー・スチュアート、ゆふぐれの川のほとりに出會ひたる見ゆ
牡蠣の身の乳色羞《やさ》しつたなくて天より降《くだ》る奏樂天使

黄泉《くわうせん》のゴッホは目覺め盜賊はこんこんとねむり繪を運びいづ
水瓶座に水汲みにゆきモーツァルトの最《もと》も新しきレクイエム聽くも
形見なる扇《あふぎ》ひらけばいつしかに孔雀なりけり愛を求むる

ポセイドン

宵々に海は近づくポセイドン夕餉に招くわれならなくに
さにづらふ紅葉《もみぢ》の指を切り刻む少女は死後のかろきうつしみ

犬妻はこころ死にたるわが前にジャンヌ・ダルクのごとく立ちたり
犬妻と死者圓生と共棲みの一年《ひととせ》薔薇のごとき不眠よ
ウィスキーの水面《みなも》に泛かぶ圓生とわれや白鳥黑鳥ならむ

星と月雙つの墓を求めたりわがたましひの割れゆく秋を

秋の夜の分身ナイルを泳ぎけりクレオパトラを咬みにしコブラ

伐《き》られゆく首都の銀杏ら死ののちを金色《こんじき》の怨恨の冠なせよ

皿の上《へ》のひとつの菓子に毒有りと微笑みたまふ母の母の母
わがために寒氣は來たり死の前に紅葉《こうえふ》せよとアカペラうたふ
紅茶注ぐ公爵夫人、恐龍のうつそみ青きローブをまとふ

くちづけを忘れ呼吸を忘れつつダイヤモンドとなりゆくひとや

無花果と生まれ食まるるうれしさは戀こそ肖《に》たれ至る暗闇

禁斷の愛と知りつつ太陽に戀せしなめくぢ渴き死ぬかも

馬として生《あ》れ來たる吾子《あこ》いななけば再び母の宮に入らむか

內戰の祖國逃れし人魚きみ阿武隈川に逢ひ見むかなや

濡れ濡れず問ふすべ知らに神風の夢の浮橋とだえけるはや

いづみ川いつ見きとてかみづからは遠つ星びと鏡の娘

わが罪に地球は冷ゆる極寒の砂漠に凍る駱駝かなしも

つたなくも遁走曲《フーガ》を弾けば遁走す　ヨハネの生首・三島の生首

受胎告知われも受けしに永遠に生まれぬこの子音樂なりや
くちびるに神いますゆゑ冬の夜の全天星座わがくちづけす
圓生に逢ひしあけぼの木枯は森の妬《ねた》みの人語なすかも

卵生の女人なりしかヴィヴィアン・リー鳥の道ゆく幸《さきは》ひは見ゆ

スジャータと呼ばれし昔苦行なす樹下の美僧に胸乳《むなち》與へき

帝釋天、祕密のわが名呼びたまひ打ち据ゑられけるその歡喜《かんぎ》はや

白象《びやくざう》の泣きいさちるはいづこにか普賢菩薩を見失ひきと
うつそみを容るる鞄の水色の太子間道、太子はいづこ
しらほねの首飾りして朝川を渉らむわれを天泣きたまふ

魔女

木枯の中に棲みゐる魔女若し爪尖れるをはつかかなしむ
大いなる帽子の欲しき冬にして宮殿、妃、柩を容るる

冬紅葉きらめきののち碎くるを硝子のごとしと言へば怒《いか》るも

交差點うつくしきかなマクベスとバンクォーすれちがひざまにキスせり

家居なるみ冬の一日《ひとひ》ゆらゆらとローブデコルテの犬妻來たり

らふそくは少年の象《かたち》泣かむとし泣きあへぬわれを小暗く照らす

降誕祭近づきにつつ一神と多神のあはひ羽毛埋めゆく

初雪

晩秋《おそあき》の雀色時とぶごとく過ぎゆきしかど工人《こうじん》は神
古井戸はみ冬のまなこきらめきて星座といへる物語刺す

腋《わき》の下はかなしきかなやははそはのうつそみ拒むきよき人生《あ》る
敷妙《しきたへ》の枕用ひぬけだもののねむりうるはしひめごとぞなき
わたくしの睫毛に乗れる戀人は泪食《なみだたう》ぶるひとりうたげを

うつそみに窻《まど》のあらなむ雪月花心ゆくまで臓腑に見せむ
犬妻のたかぶり美《くは》し猫愛づる詩人は星にみちみてるかも
瓶詰のジャムの宇宙に迷ひ入るわれを見いづる蟲のうつそみ

圓形《ゑんけい》を愛するゆゑに帽子屋にあくがれにけりアリスは知らず
たましひの商人《あきうど》立てる四つ辻を未生の吾子《あこ》ら率《ゐ》てよぎるはや
木枯が子を生むならばほほゑみとわれは名づけむ女男《めを》のいづれも

初雪は言の葉にふりしらじらと夜明けのごとき眞晝閒《まひるま》ありぬ

サーカスに出でけるわれはをさなくてつばさ持ちたる馬に乗りしを

フラスコに冬の櫻を活けたるがかのまがつひのごとくあふれつ

ははそはの生み忘れたるわれかとも疑ふ刻《とき》を啼けるひよどり

犬妻はきよく老いつつ萬象をおそるるかなしわれをおそれず

生首を提げてゆくのを道といふ白川學のむらさき匂ふ

くるしみに貫かれたるゆふぐれをしらたまとなるいのち妖しも
すがりたきこころにつかむ人參の朱《あけ》いづこより來たりしものぞ
太陽は今しみどりご降誕祭光かそけき時を祝ふも

風花

あらたまの春の寒さにねむりゐるわがたましひはさくらのごとし
ちはやぶる神のくるしむゆふぐれを水運びゆく子どもらのうた

何者の到れる刻《とき》か紅梅の高らかにうたふいまだ咲かぬを
風花は死者のまなざしはらはらとわれをめぐりて泣けるごとしも
わだつみを獅子渡るかも神よりもなほ嚴《おごそ》かに水面《みなも》をゆけり

すめろぎの引きゆく時を黒翁遊びせむとて待ちゐたるはや
あづさゆみ春を病みぬる心さへ立たむとすらむ星の憂ひに

都鳥

白椿〈都鳥〉咲き永遠に言問はむ者けがれやすきを
くちびるをふるはするとき薔薇に似る老女のあらばわれも生くべし

神ねむるときのま生《あ》るるみどりごを想へりあるいはマリリン・モンロー

石を生む少女のおんがく、天上のヴァイオリニストほほゑみて彈く

柑橘は死の友なれば太陽のみすがた借りておそれざりけり

北窻《きたまど》に向かへば神のやはらかき舌を感ずるわがおとろへて
病みやすきたましひひとつ置き去りに木馬はゆけりをんなの木馬
マーラーはふさはぬ時に流れ來てわれに幻日《げんじつ》の旗を持たする

死にし母老ゆる犬妻さくらなりダイヤモンドのごとく硬しも
犬妻よ老い澄むならばわたくしを呪へさくらの荒魂をもて
老いつつもなほ美しき犬妻を韻律として月は昇れり

犬妻は狐妻よりかなしきをみづなき池に映しみむかな
かぎりなき不安の魚《うを》を古井戸に放てりひかるうろこは歌ふ
きみ亡くて狂言綺語に色身を犯されゆかむみづから在りぬ

新しき死を想ふなり斷章のロラン・バルトの虹色のこゑ
指先のあらぬ手袋　幸ひ《さきは》を初めて希ふ朝《あした》にはめぬ
くるしみの根を絕ちし夢黄金《わうごん》の斧を持ちたるをとめのわれは

揚雲雀いまだ見るなきうつそみの戀に戀すも死に近きゆゑ
遊星は眉ひそめたりくちなはの直立もはや宥《ゆる》さむとせず
獨裁を悪《にく》むこころに笛を吹く天使よ言の葉もたざるゆゑに

流響院即詠二〇一七年春

櫻の時期に京都に行き、岡崎の流響院を中心に吟行する番組の三年目である。今年は大原の三千院も訪ねた。三千院は母の死の前に詣でた思ひ出の寺である。

流響院にて

瀧はわれ、松は母なりなにゆゑにわれを生みしや水ならなくに

石をゆく水はつぼみの命にて片言あはれ神々を刺す

二重《ふたへ》なる瀧のさびしさ死ぬるともまた死ぬるとも花はくれなゐ
花あらぬ庭はねむりの深きかも夢に溺るる悪魔の松よ
にんげんの最後の戀は赤松の曲がるさびしさ春に追はれて

犬妻ゆ遠く離《さか》りて瀧妻に逢ひつるけふぞ狂はきざすを
永遠は抱《いだ》かれて在り小雨降る京の岡崎、瀧壺の前
せせらぎはわれを知らざる若き日のきみなればこそ瀧を呼びたれ

橋となり花へ　みちびく運命のちひさき石をわたくしと呼ぶ

この庭に初めて逢ひしさくらより細き糸出でわが魂《たま》むすぶ

さくらより眺めてあらばむらさきの水の流れか石のごときか

三千院にて

山と死が迫り來るとき堪へがたくさくら咲くかも青を求めて
山霧《き》らふさくらのまひるわたくしが雨の言葉にかたられゆくも
たましひの三分咲《ひら》けばくちびるは思ひのごとき水を受けたり

大原に來たれるわれはうすみどりいまだ咲《ひら》かぬロゴスに戀ふも

晝食　わつぱ堂

寂光の里に晝餉《ひるげ》を食《たう》ぶればこの世の外《ほか》の睫毛ふるへつ

菜の花に幽《かく》るるほとけ見いづるをきみにしありけりわれにしありけり

この星に三千院在りさくらとふ言の葉光る別れありけり
さくらなき三千院に水音となりたる夢のみづから獨り
三千院さくら流れてわが母をわれと知りたるかなしみの日や

十年《ととせ》經《へ》てふたたび逢ひしみほとけは水か炎かゆらぎたまふを

指輪

風なりしわれを呼びとめ銀の笛に變へたるひとよ母には非ず
わが犬を女優となさばフェードルをまづは見まほしその告白を

川よりも運河は深き音色もつ一瞬のあり神に逢はずて

さびしさに指輪と化《な》りて狂ふ前の處女《をとめ》なりけるカッサンドラへ

鳶尾《いちはつ》の文字《もんじ》を知れる歡《よろこ》びの隣りいのちの玉砂利光る

竹と雀、牡丹《ぼうたん》と獅子、雨と虹　共謀罪ゆゑ獄死せりけり
橘の花かげにつと抱《いだ》かれつアンドロギュヌスに昔のわれに
ヴェネツィアを未《いま》だ見ざるも前《さき》の世に海なりしゆゑ夢なりしゆゑ

茂吉忌に寄す

世界こはれゆくときせめてかへり來よ人間のわれを信ぜぬ雀

睡蓮

法の上にさらに法あり獨裁者　頭《かうべ》を垂るる星の道あり

恆久平和なつかしむかもひそやけき化石の森ゆ轉生《てんせい》なせば

睡蓮のくれなゐの群れ夢見つつ共謀罪もて囚はれむとす
天翔《あまが》くる小林多喜二夕映の色のうつそみ拷問の果て
永遠の少女なりける慰安婦像わがうちに建つ夏草の中

屬國《ぞつこく》のロゴスはさびし紫は青に戀ひつつ水晶の身ぞ
沖縄を見捨つることはたましひを捨つることなれ光の母を

世紀ともがな

喪の色のおれんじ生きてわたくしは昨日の橋の欄杆《らんかん》の戀

くちなしに犬妻さくら近づくを凍れる夏のピアノソナタや

星は檸檬《れもん》、星は狼、うつそみのさくら言の葉こぼれやまずも
夕顔と朝顔舞へばたましひの階段そらに晴れわたりける
小鼓をわれに與《あた》へよオリオン座馬頭星雲謡《うた》ひいづるも

狂言は薔薇に近きを知らざらむ知らざらむとぞ言ひて死すはや
きみは言葉われはひかりと後朝《きぬぎぬ》をその橘の宇宙戀ほしも
オリュムポスの雲古うるはし存在の動詞もて問ふわれは神かも

たまきはるニーチェは狂ふをみなたち八十島《やそしま》かけてディオニュソスまで
紫陽花は犯しがたしもプルーストわれにささやく無限の彼女
鏡もてたたかふ日々の羞《やさ》しさやぶだうは未だ見えざるものを

さにづらふ井戸と別るるかなしみの首飾りかけ時のひとりご
扇語《あふぎご》はうつくしきかな母音なく子音もあらぬ星の語りよ
智恵子抄われの智恵子はすめろぎの死をうたひける夜半《よは》のきりぎし

剣《つるぎ》なすみづうみのこと北國《きたぐに》の窻《まど》たちのこと汽車に聞きたり
ふくしまの痛みの春の三春野《みはるの》の瀧櫻《たきざくら》こそ瀧のこひびと
夕星《ゆふづつ》は老いにけらしな詩を書ける月の海より自由にあらね

忘却のアップルパイを食《は》みにつつ太陽となる存在あはれ
ちちははは石なりければわたくしのうつそみ銀の十字架宿す
たまかぎるほのかに逢ひしくちなはの冥《くら》くかがやく世紀ともがな

ヘヴンリーブルー

共謀罪ある世に生《あ》れむみどりごのひとみ大きくみひらかるべし
あかねさす紫野ゆきゆきゆきゆきて、神軍けふをとどまらざらむ

黄の蝶は永山則夫忘られて夏をさまよふ腐敗の世紀

中性のなきふらんす語かなしめり抽象の虹立ちてとどまる

燕の巣うばふ雀よ汝《なれ》は今いかなる啓示受けむとすらむ

詩を織るは永遠の問ひたましひの殺人消えずわれこそあなた
ヘヴンリーブルー咲きたりこの朝を死の淵にゐる言の葉のため

「港」三首

卵生のわれをみいづる港なり船の汽笛と共に孵《かへ》らむ

紫の帆を張りこの世の果てに航《ゆ》く戀は死すともをみなたるべし

宵々に港を戀ふるヴァイオリン海と同性婚をしたりや

ホーチミン市

茂吉よりとほき星かも啄木のひかりは世紀隔ててとどく
夏至戀ふるこころはもとなあくがれて鳥けだものに抱《いだ》きとめらる

ラップなるキョウボウザイを聴《き》く時し珈琲の精はつかにわらふ
亡命は扇《あふぎ》と共にゆかばやと夏帯《なつおび》に差すいとしきひとを
ヴェトナムのホーチミン市にゆきたきはしんじつのわれ棲むときくゆゑ

勾玉《まがたま》のデュラスは立てり初めより記憶なりける世界の坂に
喪《うしな》ひし愛とひとみと言の葉の墓《はか》となるほか〈生《ヴィ》〉はあらずも
思春期といへるゲルニカ夏草の覆ひかくさむすべ知らなくに

すきとほる一人称《いちにんしょう》を夢見つつ悪尉《あくじょう》の父しづめかねつも
昼顔《ひるがほ》のベージュのローブ想ひいづる〈わたくし〉以前の少女たちはも

ランボーの脚

ランボーの斷《た》たれたる脚きざはしを昇《のぼ》り來たれり見者《けんじゃ》舞ふべし

能「星」を見ず逝きまししうたびとはなぐはしき他者、星に満《み》ちたり

ひなげしに追はれ追はれてゆふつかた天《あま》つ刀自《とじ》なる存在は見ゆ
李白《リーバイ》のきらめく瀧に打たれつつ幾たび契る戀の中の戀
いつみきか和泉式部のほのぐらきメタフィジックのゆふぐれのほと

ながめせしわれならなくにみづうみの躶身も光《かげ》もうつろひにけり
犬妻が〈死〉ならばまして愛さむを純白の〈死〉の柔毛《にこげ》に溺る
心死ぬる瞬間あはれ未《いま》だ見ぬおほむらさきの色をおそるる

物語果てたるのちの夢日記白鶺鴒《はくせきれい》の染まりゆくかも

虹のいのち橋のいのちを生くるため　手弱女《たをやめ》ほろび千の壺《つほ》ひらく

紫陽花のマダム・エドワルダ雨中なる神を失ひ神となるまで

なかぞらにゆきかへらざる自轉車よ靑きぶだうの一房を乘せ
鏡咲《さ》きははそはとなるくるしみの森ゆいづこに逃れむものか
すきとほる眞珠《しらたま》あらばわだつみの外《ほか》より來たるひとりごならめ

ビッグ・バン、ビッグ・バウンド、路傍なるきちかう清《すず》し今ここが天

鴨《かも》の仔の繪本《ゑほん》とならむ睡蓮の葉は花よりも謎ふかきかも

エロイカに變はるオルゴールなにゆゑと訊《き》けば夕映は戀ふフルトヴェングラー

マルタとぞ呼ばるる猫はあかねさすアルゲリッチのみだれ髪の裔《すゑ》
磐座《いはくら》となりたる古きピアノより夜半《よは》にきこゆる月のこゑはも
さざなみは砂漠を知らずあくがるる近江《あふみ》いつしか絹の道ゆく

もえあがる油井《ゆせい》の瞳見しものは水惑星の不死のアポリア

露《つゆ》ひさし革命ひさしきらきらと空蟬《うつせみ》は飛ぶそらのたましひ

車椅子のイエスが架かる十字架の見えざるかたち手に探らばや

宇宙とは傷《きず》とおもへばさみどりの血汐あふるる夏の痛みや
ちちははの家と別るるかなしみの雲《くも》を食《は》みたり空腹なりき
きみは問ふ〈よろこびありや〉死をこゆる〈よろこび〉われにもたらしたまへ

わたくしといふ迷宮に囚はれの世界樹匂ふしだれざくらよ
青空の窻《まど》ゆふり來る星時雨《ほししぐれ》、逆行をなす季《とき》の和音や
雪月花既《すで》に畢《をは》んぬ奔《はし》りゆく神のそびらに刃《やいば》投げつも

魚《うを》につばさ星にくちびる日本語にアオリストあらばうつくしきかな

狂と今日の美《は》しきひびきを夏空に投げかへすとき全《まつた》き一人

夏鳥

二〇一七年六月十五日
共謀罪法案超強行採決

日本死せりさあれ夏鳥《なつどり》よみがへれ青人草《あをひとくさ》の繁き叫びに

朝顔は萎れにけりなふたたびをデモクラシーの紺青の花

わたくしを取り戻すべく國家とふまぼろしを射む銀の矢もがも
〈みいくさ〉へひた走りゆくそのかみを今生きつつも時はわが墓
いつはりのパトスの鏡見しひとは斷崖にゆきかへらざりしを

太陽と月と螢のひかりもてわれら立つかな戀ならなくに
忘るまじ忘るまじとよ六月の雪まさに降りきみをこそおもへ
さなきだに六月かなし沖縄のむごきいくさのいけにへの日々

わが伯父も果てたる一人しかすがにいけにへならぬ十字架を負ひ
皇軍の十字架重し改憲を欲する彼らおのれは負はず
夢にだに逢はざる伯父の老いらくをわが生きむとす彼らを止めよ

王様の自慰に仕ふる人々の殺《あや》めむとするわだつみの色
笛吹けば石投げらるる帝國の地下大いなる劇場ありき
むらぎもの作業員とぞ呼ばれたる一人一人の實存をいへ

東洋の春を想ふに専制のつらなり見ゆる夏のさびしさ
白川靜大人《うし》見たまふや富貴《ふつき》より思想は生《あ》れずと孔子傳はや
ソクラテスを死に追ひつめし言の葉の雲の快樂《けらく》にはつかふるるも

アルトーはゴッホを論じ水を飲むその身體をわが共有す

神にして犬ともならむみづからを抽斗に入れやがて忘れつ

夜をうたふ鴉のこゑと遊星と母のあらざる數學者《すうがくしや》たち

地中海のトマトの愛を歓《よろこ》ばむ瞬間もはや三人称なれ
ムスリムのをみなご乗れるたそかれの電車は今し蜻蛉《せいれい》を越ゆ
ちはやぶるオリンピックを返上す幻聴といふ薔薇はゆたけし

傘たちの優しき會話過ぎしのち水玉アリスゆくへ知らずも

雨はきみの抱擁なれば佇ちつくしぬばたまの髪みづうみとせむ

たましひのしばし濁るは薄雲のとほりすぎしかひめごとあはれ

翡翠《かはせみ》に逢はむとすれど哲學のみづべはとほく夢明けにけり
青空と百合の婚姻うつくしくふともこぼるる世界の泪《なみだ》
マリア・カラス彼方より來るゆふぐれを神と人との希《ねが》ひひとしき

手を洗ふマクベス夫人洗はざるフェードルいづれふかき狂氣は
あかときは永遠の泉絶ゆるなき連續殺人おもほゆるかも
戰爭は殺人にしてさあらずとケロイドに告げ山河に告げよ

南京の大虐殺を學びしは櫻桃《あうたう》なりしさきはひの頃
中國語そのめくるめくおんがくを漢文は捨つかなしみの知や
愚者われの前にそびゆる水晶の城をおもへばいのちはかなし

パン・オ・レザン折り折りに買ひにんげんとかへり來たれる現象界はも
しなやかに身をひるがへすいちにんは死にゆくスワンとわれのあはひを
あかねさす狂女の旗をかかげゆく水無月まひる鳥の道かも

恥多き一生《ひとよ》の果てに氷《ひ》の他者の訪れ來つるいのちなりけり

葡萄酒の言葉は知らね自由とふただ一語のみくれなゐ差せり

星々と虹はいかなる契りにてかくも妙《たへ》なる手紙交せる

なめくぢのマリア羨《とも》しむかたつむりメメント・モリのしづかなる朝

十八歳の瞳もつ友は愛せり鹿の胎兒と縞蛇のスープ

火の娘父の娘にあらざらむ冥界にわれを怒《いか》れる父よ

権力ゆ捨てられたるに権力を讃美せりけりちちのみの父
執心《しふしん》の舞を舞ひつつふりむけばたれもをらざる水面《みなも》ひそけし
今ぞ知る鬼のこころやむらさきの夏のさくらはひとに見えずも

犬妻のさくらに語る世界史の櫻革命《さくらかくめい》わが死ののちを
たまきはる宇宙の嘔吐かがやけり沈黙の時永きに在りて
夜《よる》と夜《よる》と夜《よる》とをむすぶハーモニカ、かの黑翁《くろおきな》われにたまひぬ

あとがき

前歌集『光儀（すがた）』ののち、二〇一五年四月から二〇一七年六月までの七四六首を収めて、歌集『えぴすとれー』と致しました。

この間、多くの發表の機會に惠まれましたので、作品の貧しさを愧ぢつつも、次の一歩のためにあへて一本と致しました。

〈えぴすとれー〉は「手紙」の意味のギリシャ語で、歌は、存在非在のすべてに送る手紙でありたいと希つて居ります。

二〇一七年七月一日　水原紫苑

著者略歴

水原紫苑（みずはら・しおん）
1959年、横浜生まれ。春日井建に師事。
歌集に『びあんか』『うたうら』『客人《まらうど》』『くわんおん』『いろせ』『世阿弥の墓』『あかるたへ』『武悪のひとへ』『さくらさねさし』『光儀《すがた》』。散文集に『星の肉体』『空ぞ忘れぬ』『うたものがたり』『京都うたものがたり』『歌舞伎ゆめがたり』『生き肌断ち』『あくがれ―わが和泉式部』『桜は本当に美しいのか』。

歌集 えぴすとれー
平成二十九年十二月一日　発行
著　者　水原　紫苑
発行者　奥田　洋子
発行所　本阿弥《ほんあみ》書店
東京都千代田区猿楽町二―一―八　三恵ビル
〒一〇一―〇〇六四
電　話　〇三（三二九四）七〇六八（代）
振　替　〇〇一〇〇―五―一六四四三〇
装　幀　井原靖章
印刷・製本　三和印刷
定　価　本体三〇〇〇円（税別）

ISBN978-4-7768-1334-7　C0092（3050）